# LAS PERLAS DE CADYA

Había una vez una muchacha llamada Cadya. Su mamá había muerto y entonces ella cargaba a su hermanito sobre su espalda. Pasado un año, su papá resolvió casarse de nuevo y Cadya tuvo una madrastra.

Cadya pensó que iba a ser feliz con ella. Pero quién sabe por qué no le simpatizó a la madrastra, que ya tenía una hija del primer matrimonio y tal vez pensara:

"Cuando mi marido muera, esa Cadya se va a quedar con todo. Y mi hija verdadera con nada."

Desde entonces se empeñó en perseguir a la entenada. A la pobrecita le ponía trabajos imposibles. La despertaba en medio de la noche:

– Anda, ve por agua. Ve a barrer el patio. Ve a cocinar yuca.

Cierta mañana, su odio por la entenada llegó al extremo. Sacó a gritos de la cama a Cadya.

# JOEL RUFINO DOS SANTOS

# EL SABOR DE
# ÁFRICA

## HISTORIAS DE AQUÍ Y DE ALLÁ

### ILUSTRACIONES: CLÁUDIA SCATAMACCHIA

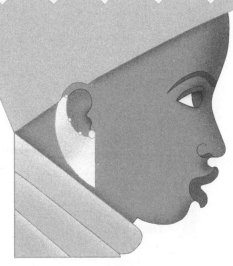

SÃO PAULO

2005

global
EDITORA

© Joel Rufino dos Santos, 1998

*2ª EDICIÓN, 2005*

*Director Editorial*
JEFFERSON L. ALVES

*Selección y Edición*
CECILIA REGGIANI LOPES

*Asistente Editorial*
ANA CRISTINA TEIXEIRA

*Gerente de Producción*
FLÁVIO SAMUEL

*Traducción*
LOURDES HERNÁNDEZ-FUENTES

*Ilustraciones*
CLÁUDIA SCATAMACCHIA

*Diagramación Electrónica*
ANTONIO SILVIO LOPES

**Datos Internacionales de Catalogación de la Publicación (CIP)**
**(Cámara Brasileña del Libro, SP, Brasil)**

Santos, Joel Rufino dos, 1941-
  El sabor de África: historias de aquí y de allá / Joel Rufino dos Santos ; ilustraciones de Cláudia Scatamacchia ; (traducción Lourdes Hernández-Fuentes). – 2. ed. – São Paulo : Global, 2005.

Título original: Gosto de África: histórias de lá e daqui
Bibliografía.

  ISBN 85-260-0823-4

  1. Literatura infantil-juvenil I. Scatamacchia, Cláudia II. Título. III. Serie.

05-3819                                    CDD-028.5

**Índices para catálogo sistemático:**

1. Literatura infantil-juvenil    028.5
2. Literatura juvenil    028.5

*Derechos Reservados*

 **GLOBAL EDITORA E**
**DISTRIBUIDORA LTDA.**

Rua Pirapitingüi, 111 – Liberdade
CEP 01508-020 – São Paulo – SP
Tel.: (11) 3277-7999 – Fax: (11) 3277-8141
e-mail: global@globaleditora.com.br
www.globaleditora.com.br

Nº DE CATÁLOGO: **2399**

– ¡Te me vas a lavar esta cuchara! Y tiene que ser con agua del mar. No se te ocurra volver con ella sucia.

Era una forma de matar a Cadya, pues hasta Dakar, donde estaba el mar, eran cinco días y cinco noches de horrorosos caminos.

– ¿Quién va a cuidar a mi hermanito? – preguntó la muchacha.

– Llévalo contigo – respondió la mujer con una sonrisa malvada. – ¿O te imaginas que aquí tienes criada?

Cadya partió. Atravesó ríos y bosques.

Sólo faltaba atravesar una sabana para llegar a Dakar. La comida se había terminado y las dos panzas, la de ella y la de su hermanito, comenzaban a gruñir.

– ¡As-Salam! (La paz sea contigo) – la saludó un camellero.

– ¡As-Salam!– le respondió ella.

– ¿Estás pensando en atravesar solita la sabana? – le preguntó el hombre.

– Sí.

– Ni se te ocurra. ¿Sabes quién vive ahí? El Quibungo.

– ¿Quién es? – preguntó Cadya.

– Un monstruo con un hoyo en la parte de atrás del cuello. Te engulle. Después no digas que no te avisé.

– ¿Y si no me lo encuentro? Siempre fui una joven con suerte…

– ¡Ah! – dijo el camellero, echándose el manto sobre la espalda. – Si no te encuentras al Quibungo, te encontrarás un monstruo peor, el Buitre Mortal, también conocido como el Arranca-Corazones. Uno u otro.

Desanimada, Cadya se sentó en una piedra. De repente sintió una brisa en el rostro y en las manos, y escuchó una voz:

– Yo te ayudo. Deja aquí esperando a tu hermanito. En su lugar guarda esta piedra. Si te encuentras al Quibungo, ya sabes lo que tienes que hacer.

Era un *iska*, el *djin* que vive en el viento.

– ¿Y si en vez del Quibungo me encuentro con el Buitre Mortal?

– En ese caso, no puedo hacer nada – respondió el *iska*.

Con la piedra sobre la espalda, Cadya entró en la sabana. Al segundo día de viaje apareció un guapo guerrero. Traía un arco y una flecha y le habló muy gentilmente:

– ¿Adónde vas, florecita encantadora?

– A Dakar, mi madrastra me mandó a lavar esta cuchara.

– ¿Y ese niño que llevas ahí? Déjame verlo.

El guerrero se inclinó para hacerle unos cariños. En su cuello apareció el hoyo oscuro que no tenía fin. Cadya, rápidamente se llevó las manos a la espalda y arrojó la piedra dentro del hoyo.

El Quibungo la masticó y se murió.

En Dakar, un mendigo que se encontraba a la puerta de una mezquita, le pidió:

– Ayúdame, por las barbas del profeta…

– Si pudiera… – respondió ella –. Sólo tengo esta cuchara.

– Lo sé – dijo el mendigo. – Espera a que anochezca. Sólo lava la cuchara cuando aparezca la luna. Ya verás lo que sucede.

Así lo hizo Cadya. Apenas metió la cuchara en el agua y salió llena de perlas. Lo repitió muchas veces hasta llenar el manto que llevaba enredado a la cintura. Era rica.

Al pasar de nuevo por la sabana, escuchó un rugido que salía de una caverna. Debía de ser el Buitre Mortal, el Arranca-Corazones.

Tomó a su hermanito y regresó a su casa. Habían pasado ocho días y la madrastra, feliz, creía que no volvería a verla.

Abriendo el saco de perlas, Cadya hizo la división. La madrastra quería más. Empujó a la muchacha hacia un cuarto:

—¿Dónde conseguiste toda esta riqueza? ¡No sabía que teníamos una bruja en la casa!

—Fue en el mar —respondió—. Sólo tuve que meter la cuchara.

La mujer, fingiendo, le dio las gracias. Y le dijo a su verdadera hija:

—Si esa babosa se hizo rica, yo también puedo serlo. Puedo cargar más perlas que veinte Cadyas juntas.

Tomó un camello y partió. Ordenó a los criados que le preparasen una fiesta para cuando volviera. Mandó que los cocineros hicieran cuscús, su plato favorito. A la mañana del décimo día, sin embargo, ella no volvió. En la tarde, tampoco. Cuando comenzó a anochecer y los convidados ya se estaban yendo, la verdadera hija decidió:

– Mi mamá ya debe de estar llegando. Vamos a comer o el cuscús se echa a perder.

Cuando ella abrió la cazuela principal, se puso blanca del susto. Dentro del cuscús había un corazón. Todavía estaba latiendo y ella se desmayó, pues supo de quién era.

Mientras tanto, Cadya tomó a su hermanito y se fue a vivir bien lejos de ahí.

Esta es la historia de Cadya, una joven negra y musulmana del Senegal. Una historia igual a otras, de otros pueblos, en que hay hadas y madrinas malvadas. Sólo que, aquí, el hada existe en forma de ángel de la guarda, el *djin*, y los peligros que la muchacha enfrenta, se originan en los misterios de las culturas milenarias, que sobreviven a pesar de la colonización.

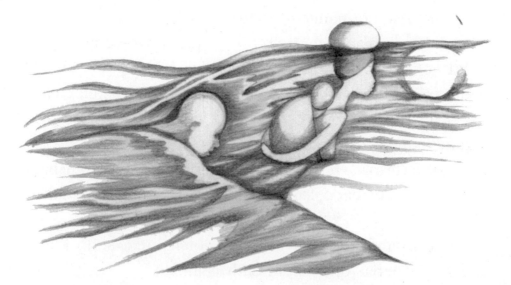

# EL HIJO DE LUISA

Una buena historia puede comenzar de cualquier manera. Esta comienza con una marchanta de Bahía.

Se llamaba Luisa. El apellido lo diré después.

Luisa era pequeña, bien negra y tenía los labios morados – distintos a los de casi todos en el mundo, que tienen los labios rosas. Otra cosa: la mayoría de los negros en Bahia, en aquel tiempo, eran esclavos. Luisa no lo era. ¿Por qué?

No sé. Cuando comenzó esta historia, ella ya era libre y nada, nada sabemos de ella, antes de eso.

Luisa tampoco era cristiana. ¿Eso es un problema? Para las autoridades, sí. Sentían recelo de cualquier negro que no fuera cristiano. "Si creen en otros dioses", pensaban, "pueden pedirles ayuda y esos dioses los ayudarán en nuestra contra. Lo mejor, aquí en Bahia, es permitir únicamente al dios cristiano".

Para Luisa, sin embargo, tener otra religión no era un problema. Ella creía que todo el mundo podía tener la suya.

Cuantas más religiones y dioses, mejor. ¿Quién tenía la razón al respecto? No lo sé. Lo único que quiero es contar una historia y ya estoy enredado en una discusión.

Luisa tenía otra rareza. Quiero decir, algo que se consideraba rareza.

Tenía enamorados negros y blancos. No se fijaba en el color, se enamoraba un día sí y otro, no. Tenía una predilección especial por tipos con manos peludas.

– La Belleza no da de comer – les decía a sus amigas –. ¿Manos peludas? Medio camino andado.

Una tarde llegó a su puesto un tal Oliveira.

Lo primero que le vio Luisa fueron las manos. Servía. En el momento en que Luisa dejó el mostrador para coger unos tomates, Oliveira le acomodó un pellizco en el cuello. Luisa le respondió con un codazo que aventó a Oliveira al piso. Era la forma de coquetear en aquella época. Aquel mismo día comenzaron a enamorarse en serio. Ya sin pellizcos ni codazos.

No hay mal que dure cien años. Ni bien. Luisa pertenecía a una sociedad secreta de negros malíes (venidos del noroeste de África). Eran negros de religiones no cristianas, que preparaban una revuelta para liberar a todos los esclavos de Bahia.

Las religiones no cristianas, en realidad, eran dos: la musulmana y la del candomblé. Luisa era musulmana y simpatizaba con el candomblé, de tal manera que era la persona ideal para el movimiento.

En febrero de 1835, estalló la revolución de los malíes. Luisa cayó presa y comió del pan que el diablo amasó. Castigada con doscientos latigazos, hubo momentos en que deseó estar muerta. Pensó que se pudriría en la cárcel. Pero un bello día, ¿quién llegó a liberarla? Oliveira. Él era blanco y recurrió al juez en una larga conversación: él se responsabilizaría por la marchanta.

Luisa, por supuesto, estaba agradecidísima. Caminaban por la calle cuando ella se lo contó: estaba embarazada y era una suerte no haber perdido al bebé. Oliveira también le contó otra cosa: era jugador profesional de cartas. ¿Estaba viendo aquel sombrero de palma, aquella medalla de oro de treinta quilates de San Judas Tadeo? Todo se lo había ganado jugando al veintiuno.

Cuando cumplió los nueve meses, nació un niño.

Lo bautizaron con el nombre de Luis, pero no voy a decir el apellido.

Era negro mate como Luisa y tenía la frente grande y la nariz fina como Oliveira. No sé si dije que él era portugués. Oliveira quería de verdad a Luisa. Como le iba bien en el juego, le abrió una dulcería para que vendiera dulces de mazapán.

Luisa continuaba muy agradecida. Le juró que no se metería en más revoluciones. A cambio, Oliveira juró que buscaría un trabajo honesto y dejaría los ases y los comodines.

Ninguno de los dos cumplió lo prometido. Un día estalló una nueva revolución de malíes. Luisa combatió y volvió a caer prisionera. Oliveira se endeudó en el juego. Después de eso, tomó a su hijo:

– Te voy a presentar a un viejo amigo, en las bodegas de la Ribera.

Cuando llegaron ante el amigo, dijo: "Este es el hijo del que te hablé". Ambos se guiñaron los ojos. El hombre, ¡zuum! le puso grilletes al chiquillo.

– ¡Papá, dile que me suelte! – pidió Luisito.

Oliveira se despidió diciéndole:

– Perdón, m'hijo. Pero fue tu mamá quien me ordenó que te vendiera. Tú todavía puedes ser feliz.

Luisito, encadenado en el sótano de un barco, lloró hasta Rio de Janeiro.

Los años pasaron. De Río, Luis fue vendido para São Paulo. Subió a pie, encadenado del pescuezo, la Sierra del Mar. Era inteligente y determinado como su mamá – que, ahora puedo decir, se llamaba Luisa Mahin. El sufrimiento de la esclavitud no lo destruyó. Una de sus tareas era estudiar con los hijos del patrón. Aprovechó para aprender lo que a ellos les daba flojera.

Se hizo "coyote", lo que significa ser abogado sin diploma.

Comenzó por probar en un tribunal, que tenía derecho a ser libre, pues era hijo de una mujer libre. En seguida inició – junto con otros estudiantes y periodistas – la Campaña Abolicionista.

Consiguió, él solito, liberar a más de mil esclavos, probando ante la Justicia, que tenían derecho a la libertad porque habían sido esclavizados después de la prohibición del tráfico de esclavos. Su nombre y apellido:

Luis Gama.

Un día, volvió a Bahia y buscó a su padre. Se había muerto. Buscó a su madre. Nunca creyó que ella lo hubiese vendido. Luisa se había ido. Pero el nombre de Luis Gama permaneció, para siempre, en la Historia de Brasil, como una figura pionera de la Campaña Abolicionista.

## LA SAGRADA FAMILIA

Esta historia comenzó hace diez mil años. En aquel tiempo el desierto del Sahara no era como hoy – de un extremo a otro un mundo de arena, piedras y alacranes. Ni siquiera era un desierto.

El paisaje era verde. Llovía normalmente y muchos ríos corrían por ahí.

Un dios con cuerpo de hombre salió del Sahara para la orilla del río Nilo, un largo río que nace en el centro de África y desemboca en el Mediterráneo.

El dios se llamaba Osiris y tenía la piel oscura como la mayoría de los africanos. Osiris buscaba enseñarles a los moradores del Nilo cosas útiles y decentes: no comer serpientes, cocinar el pan, hacer ladrillos, cubrir el sexo… Era un dios civilizador. Todo pueblo tiene uno.

Junto con Osiris vino Toth, un escriba. Su profesión era escribir. Toth debía anotar la sentencia para los que se morían.

Osiris tenía una balanza. En uno de los platos colocaba el corazón del muerto, en el otro, una pluma que simbolizaba la Verdad. Si el corazón y la pluma pesaban igual, el sujeto había sido un buen hombre. Si el corazón era más pesado, había sido malo. Toth anotaba. Los malos eran devorados por un monstruo horrendo. Los buenos iban a un campo verde sin fin a divertirse.

Siendo ese el oficio de Toth, podía pensarse:

– Debe de ser una criatura fúnebre.

Mentira. Al saber escribir, inventó las ciencias y las artes. También fue él quien dio nombre a las cosas. Él decidió que la piedra siguiera siendo piedra, y la rabia, rabia, la Luna continuó siendo Luna y así por delante.

Toth estaba solo, pero Osiris tenía mujer. Se llamaba Isis. Era una muchacha inteligente y decidida. Isis les enseñó a las egipcias a cuidar a los hijos, a limpiar muebles y a cuidar de los jardines. Para protegerlas, inventó el matrimonio. Los jóvenes no podían aprovecharse de ellas y abandonarlas.

Pero la bella Isis tenía un hermano ambiciosísimo: Seth. Osiris reinaba en Egipto del Norte, Seth; en Egipto del Sur. Seth inventaba enredos, la hermana se preocupaba y Osiris prefería ignorarlo:

– Déjalo que diga, la envidia no es un crimen.

Cierta mañana, Osiris pensó que los egipcios ya sabían demasiado. Sus médicos curaban laringitis, cisticercosis, enfermedades de la vista… Los cirujanos abrían maxilares para drenar la pus, remendaban cabezas y piernas rotas… Los dentistas hacían obturaciones con cemento y puentes de oro…

Cálculos, como el del volumen de la pirámide truncada, los matemáticos los hacían con los ojos vendados. Entonces, decidió civilizar otras tierras. Le entregó el cetro a Isis y partió.

– ¿Cuándo vuelves? – le preguntó ella con los ojos húmedos.

– Un día, tal vez. Tal vez, nunca.

Pasaron cientos de años sin que ninguno de ellos envejeciera. Así es en el tiempo de los mitos.

Una tarde, Isis paseaba a la orilla del Nilo cuando sobre su cabeza pasó una nube de ruiseñores. Era una señal de que su marido estaba de vuelta. Perfumó el palacio y se sentó con las mucamas a esperar.

Seth, que tenía espías por todas partes, se enteró. Armó una emboscada a la salida del desierto y capturó a Osiris. Encerró el cuerpo en un cofre de hierro que mandó traer de Asiria y lo tiró al Nilo.

¡Las lágrimas que derramó Isis!

Aconsejada por el escriba, comenzó a buscar el extraño ataúd río arriba. Nada. Tuvo un sueño:

Osiris estaba debajo de un arbusto, cerca del poblado de Biblos, en Fenicia. Era lejos, pero desde pequeña, no sabía por qué, creía en los sueños en los que aparecieran árboles.

Isis había pasado su infancia en Nubia, en el centro de África. Según la tradición, después del diluvio, Noé tuvo un hijo negro de nombre Cam. Cam se mudó para África y tuvo dos hijos: Mizraim, que dio origen a los egipcios, y Çus, que dio origen a los nubios (nubios o cusitas son iguales). Pues bien: en Nubia, Isis aprendió cómo peinar a las reinas y resucitar a los muertos. Para aproximarse al arbusto, bajo el cual Osiris estaba enterrado, ella se transformó en un gavilán.

Se posó en una rama del arbusto, y sin que nadie sepa cómo, se embarazó.

Así, cuando Osiris volvió a la vida, tenía un hijo. Se llamó Horus. Era bien oscuro y su frente brillaba como el sol, aunque los días estuvieran nublados. Cuando Seth lo supo, no perdió el tiempo. Ofreció una recompensa y localizó a Osiris en un pantano del delta del Nilo. Ahí, las aguas tenían un olor dulce insoportable.

Esta vez pidió un hacha y cortó el cuerpo de Osiris en 14 pedazos. Y lo dispersó a lo largo del río. No contaba con la paciencia de Isis: ella lo buscó incansablemente y juntó una a una las partes del marido. Faltaba una: el pene.

Neftis, que había sido mujer de Seth y conocía bien su maldad, le explicó:

– No ganas nada buscando. A esta altura, los malditos cangrejos del Nilo ya se lo comieron.

Osiris abrió los ojos y vio las enmiendas a un cuerpo que fuera bello como un fajo de papiros. Tristísimo, se quedó en el desierto de donde viniera un día:

– Seré el Dios del Infierno. Mi tiempo en el mundo expiró. Obedezcan a mi hijo Horus como si fuese yo mismo.

De esta sagrada familia – Osiris, Isis y Horus – descienden los faraones constructores de las pirámides, como las de Gizé, de Keops y Mikerinos…

# El León de Mali

Un búfalo inmenso y horroroso asolaba las tierras de Do, en el país de los mandingas. Nadie podía ir solo a la fuente, ni se podía dormir sin fuego encendido y sin centinelas. El monstruo no respetaba edades. Entre una cosecha y otra, ¡mató ciento sesenta y siete cazadores e hirió a setenta y siete! Aparecían despedazados en medio de la sabana, y el saco de las flechas vacío.

Hasta que vinieron de muy lejos dos hermanos cazadores, Oulamba y Oulani. Tenían el cabello esponjoso como flor de algodón y su andar era rápido como el de los hijos de la tribu de Traoré. Estaban a punto de atravesar un río para llegar a las tierras de Do, cuando vieron a una vieja mendiga.

– En nombre de Alá, el Todo Poderoso, denme un poco de comida – pidió la anciana.

Ni lo dudaron. Abrieron la mochila y dividieron lo que tenían. Ella comió en silencio. Se limpió las manos y los miró fijamente:

– Sé que ustedes vinieron para cazar al búfalo asesino. Como fueron buenos conmigo, les diré una cosa: ¡yo soy el búfalo que están buscando! Mátenme y van a recibir el premio prometido por el rey. Sólo les pido una cosa.

– ¿Qué cosa? – le preguntaron los dos hermanos.

– El premio es la muchacha más bonita de Do. Les pido que elijan a la más fea de todas.

Mataron a la mujer búfalo. En el último suspiro se transformó en el horrendo animal. El rey de Do mandó que juntaran en el mercado a todas las jóvenes que había, algunas de piel suave como el terciopelo de la noche, otras, medrosas como la luna creciente. Ya se habían olvidado de lo prometido, cuando el más joven de los hermanos vio a una jorobadita con protuberancias por todo el cuerpo.

Era tan fea, pero tan fea, que se cubría el rostro con un velo de paño grueso.

– ¡Es esa! – dijeron al mismo tiempo.

El pueblo de Do sintió una pena enorme por los dos héroes. Ellos tomaron a Sogolon (ese era su nombre) de la mano y regresaron a la tribu de los Traoré. ¿Cuál de los dos se casaría con Sogolon? El babalú, el sacerdote de la tribu, preguntó a los caracoles y no encontró respuesta. Resolvió, entonces, regalarla al rey de otra tribu mandinga. Naré Maghan. Lo encontraron debajo de un baobab, a la entrada de la ciudad. Todas las tardes, se sentaba ahí para atender a su pueblo. Naré Maghan aceptó el extraño regalo y marcó fecha para celebrar las bodas. Nunca se sabrá por qué lo hizo.

No tardó en arrepentirse. Sogolon no aceptaba que durmieran en la misma cama. Una noche él la forzó y el cuerpo de ella se llenó de pelos, de arriba a abajo.

Todo arañado, él se desesperó:

– Esa mujer no es humana.

Hasta que una noche un *djin* – el ángel de la guarda de los musulmanes – lo visitó durante el sueño. Naré Maghan despertó a Sogolon.

– Mi *djin* me explicó todo. Entraste en mi vida para ser sacrificada a los dioses. Levántate que voy a buscar mi cuchillo.

Sogolon se desmayó de miedo. Más tarde, cuando volvió en sí, estaba embarazada.

El hijo de Sogolon y Naré Maghan se llamó Sundiata Mari Djata. Los babalús de todo el país fueron llamados para decir cuál sería su fututo. Unos no vieron nada, otros prefirieron callar.

Sundiata no era feo como su madre. Pero tenía un problema: cuando cumplió tres años todavía no sabía caminar. Gateaba

por el palacio como un perrito. Siempre tenía un hambre enorme y los criados comenzaron a llamarlo el príncipe león. A la mamá no parecía importarle la desgracia de su hijo, pero el rey no escondía las lágrimas.

– ¿Quién va a sucederme en el trono? ¡Nunca existió en el mundo un rey en cuatro patas!

Sogolon volvió a quedar embarazada. Tuvo una niña, Kolokan, fea como la madre. El pobre Naré Maghan perdió la paciencia. Construyó una cabaña al fondo del patio y envió para allá a la esposa y a los dos hijos.

– Perdón. No sé dónde tenía la cabeza cuando acepté casarme con Sogolon. Un contrahecho no puede heredar el trono. Y dudo que exista en la Tierra alguien que quiera casarse con mi hija.

Entonces, Naré Maghan se casó con una princesa bellísima y tuvo un hijo con ella. Era normal y de piernas fuertes. Aprendió a caminar al año de edad. Naré Maghan estaba orgulloso y podía morir tranquilo.

En Niani había muchas herrerías, grandes y pequeñas. La herrería más grande era la herrería real, donde se hacían las armas del reino. Ahí, el maestro guardaba un muy antiguo y largo bastón de hierro. Decía la leyenda, que quien consiguiera doblar ese bastón, sería el rey de los mandingas. Cierta noche, un *djin* visitó, en sueños, al herrero real.

– Lleva el bastón al el contrahecho.

A la mañana siguiente, el herrero tocó en la cabaña de Sogolon. Sundiata, como siempre, se arrastraba por las esquinas. Ya tenía 7 años y nunca se había parado. El niño se apoyó en el bastón y crujieron las coyunturas y los cartílagos. Consiguió pararse. Bajo su peso, la vara se dobló y se convirtió en un aro. Con este, Sundiata peleó contra los parientes envidiosos y los enemigos de los mandingas. Fundó un país, que hasta hoy se llama Mali. Él es el León de Mali.

## Buensuceso de los Negros

En el interior de Maranhão, hay un poblado que se llama Buensuceso. Nadie, sin embargo, lo llama de esta manera. Todos hablan de Buensuceso de los Negros. ¿Por qué? Se lo voy a contar.

Hace mucho tiempo, de entre los esclavos más bajos, una muchacha desagradó a su señor. No sé cómo se llamaba. Llamémosla Felipa, un nombre muy usado antiguamente.

Chistosa esa cosa de los nombres… En los tiempos del Jaguar, nadie se llamaba por aquí Simona, Mónica, Karen o Roberta. Sino Felipa, Anacleta, Jacinta, Jobina…

Enojado, el señor usó su triste derecho de castigar. Mandó que llevaran a Felipa a la selva. Que fuera amarrada al pie de un tronco, hasta que muriera de hambre y sed. Eso si los jaguares y las cobras no acababan con ella primero.

La madre de la joven esclava se arrodilló a los pies de su señor:

– Perdónala, perdónala… – gemía –. Le prometo ser su esclava por el resto de mi vida.

– Tú ya eres esclava – le respondió –. No prometas lo que no puedes cumplir. Sal de aquí.

Su propia esposa intervino:

– Perdónala esta vez. Dale otro castigo. En la selva ella se morirá.

– De eso se trata. Tú eres mujer, pero puedes entender una cosa: estamos cercados de esclavos. Si no somos duros, no nos van a respetar. Si no nos respetan, estamos fritos. Aquí los únicos blancos somos yo, tú y el padre. ¿Ya lo pensaste? Hay negros por todos lados.

Pero el padre también le imploró:

– Haz como nuestro Señor. Perdona.

El patrón fijó la vista en el hábito con desprecio:

– Nuestro Señor no vive aquí, en medio de esa gente. Cuida de tus oraciones, es lo mejor que puedes hacer.

El mayoral pasó la cuerda por las muñecas de Felipa. Y salió con ella. Caminó, caminó, hasta llegar a un clarito:

– Aquí está bien. Ya verás, negra del diablo.

Pasó una semana y el patrón llamó al mayoral:

– Ve a ver a la negrita. Verifica si ya se murió.

El malvado vio a los zopilotes y pensó: "Servicio cumplido".

¡Qué va! Felipa continuaba amarradita. Pero entera. A su lado había un cuenco de frutas y otro de agua.

– ¿Quién te dio eso? – le gritó.

– Mi madrina.

– ¿Desde cuando tienes madrina? – y pateó los cuencos.

Pasó otra semana, y el patrón repitió la orden:

– Ve a verla.

Una vez más, el mayoral encontró los cuencos. Esta vez con panales de miel. Pateó todo, como la primera vez. Lanzó una maldición:

– ¡Que se lleve el demonio al muchacho que te protege!

– No es un muchacho – le respondió Felipa –. Es mi madrina.

El patrón dejó pasar un mes:

– Ve a buscar el esqueleto.

Felipa estaba mejor que al principio. Robusta.

El patrón no podía creerlo:

– ¿Me estás diciendo mentiras? Trae a la sujeta para acá. O serás tú el que irá a parar al tronco.

Cuando el mayoral llegó, Felipa ya estaba suelta. Le pareció extraño. Golpeó entre los arbustos. Si hubiera alguien, él lo encontraría. Nada. Puso a Felipa delante y se encaminó para la hacienda. Imaginen la sorpresa del pueblo cuando cruzaron la plaza. En presencia del amo, Felipa no bajó los ojos.

– Dime, ¿tienes pacto con el diablo? – ordenó él –. ¿Quién te dio comida y agua?

– Mi madrina.

– Hagamos de cuenta que te creo. ¿Quién es tu madrina?

– El señor puede mandar ver quién es.

– Hagamos lo siguiente. Volverás allá con el mayoral. Si encuentran a la tal madrinita, serás libre. Si no…

El mayoral afiló el cuchillo y salieron. En el lugar en que Felipa estaba amarrada, se encontraba ahora una Nuestra Señorcita de dos palmos de altura. Desconfiado, el mayoral enganchó la imagen en sus espaldas y volvió ante el patrón.

– Tal y como lo prometí – dijo el señor –, eres libre.

Pusieron a la santita en una capilla sobre un altar de madera tallada. Al otro día, cuando fueron a verla, no había nada allí.

– ¿Donde está? – le preguntó el señor a Felipa.

– Vaya a ver al pie del tronco donde el señor me amarró.

Trajeron la imagen de vuelta. La imagen regresaba a la selva. Y así todas las veces. A la décima vez, el señor encerró la imagen en un cofre de hierro que compró en São Luís. Venía del Reino, pues para él, el hierro de su tierra no valía nada.

La violencia atrae desgracias. Una cobra mordió al mayoral y éste murió. La plaga atacó al algodón y se perdió toda la cosecha. A la señora la picaron y sufrió de elefantiasis. Cosme, un esclavo que había huido, pasó cerca de la hacienda y veinte esclavos se le sumaron. (Bueno, esta última cosa sólo fue desgracia para el señor. Para los que huyeron fue una dicha.)

El padre, que estaba allí para impedir las desgracias, le dio un consejo: pon la imagen en una bandeja y tírala al río. El lugar en el que se detenga, ella querrá quedarse. La señora obligó a su marido a hacer esta promesa: si se aliviaba, liberaría diez esclavos. Río abajo, Nuestra Señorcita se detuvo donde hoy es Buensuceso de los Negros, porque allí viven, hasta hoy, los descendientes del pueblo de Felipa.

# BUMBA-MEU-BOI (BUM BUM, MI RES)

Esta es una historia de voluntad.

En una hacienda de ganado, a la orilla del río São Francisco, trabajaba una pareja de esclavos: Francisco y Catalina. Hasta que un día Catalina salió embarazada. En una noche en que la luna plateaba el césped, Catalina gimió al marido:

– Tengo antojo de lengua de res.

– Deseo de grávida es orden – dijo Francisco –. Pero las reses no son nuestras, tú lo sabes, mujer.

En ese mismo momento, ¿creerán que apareció una res enorme, blanca y gorda? De quién será, de quién no será… Francisco se fue a dormir, pero Catalina lo siguió. Tenía la mirada tan dilatada que daba pena:

– Quién pudiera darme una lengua de res…

Francisco salió y mató a la pobrecita. Cocinó la lengua y sació el antojo de su mujer. Llamó después a los vecinos y repartió el resto del animal:

– El muslo es para Itamá. La pechuga para don Vilaza. Para mi sobrino Toñito, el costillar. Para don Donato, la pierna…

Sólo sobraron los cuernos y la cola, que nadie quiso.

Pasaron algunos días, hasta que al dueño de la hacienda se le ocurrió ir a ver al ganado:

– ¿Dónde está aquel enorme buey que traje de Egipto?

El administrador lo buscó por toda la hacienda. Le dio la noticia:

– Desapareció.

– ¿Cómo que desapareció?

Un esclavo, que había visto a Francisco hacer la repartición y no le había tocado nada, les contó:

– Vi como Paco lo mató.

El amo comenzó a llorar. Era un hombre feroz, pero triste. Golpeaba la pared:

– ¡Mi buey Barroso que vino desde Egipto en carabela!

Despertaba compasión.

– Voy a consolar al amo – dijo Francisco cuando lo supo.

– Estás loco – dijo Catalina. – Será mejor huir.

El pobre del amo miraba fijo lo que quedaba del buey: el esqueleto con el rabo y los cuernos.

Mandó buscar a los curanderos de todas las regiones.

El primero miró, miró.

– Está muerto – y dejó una lista de remedios –. En tres días estará de pie.

Pero qué va. Al tercer día el buey se echó un pedo. Sólo eso. Rezaron, recitaron mantras, cumplieron penitencias. Nada. Esta vez ni media ventosidad.

Alguien se acordó de un curandero.

Llegó con hierbas y una colección de sapos secos. Encendió una pipa y exhaló humo sobre los restos del buey. Nada, tampoco.

– ¡Mi buey se murió! – lloraba el amo –. ¿Qué será de mí?

– Mande buscar otro – sugirió el administrador –, allá, en Piauí.

Nadie entendía el sufrimiento de un hombre tan rico.

Mientras esto pasaba, Francisco y Catalina estaban escondidos en el municipio de Ao que está más allá de Montes Claros y donde acabaron enterándose de que un hacendado de tales y tales características moría de pasión por un buey asesinado, etc.

– Si yo hubiera sabido – suspiró Catalina –, aquella noche no te pedía la lengua de res.

– Y si yo hubiera sabido – habló Francisco –, no te cumplía el deseo.

El chiquito, Mateos, que ya había nacido y ya estaba crecidito, escuchaba la plática.

– Papá, mamá, yo voy a resolver el problema.

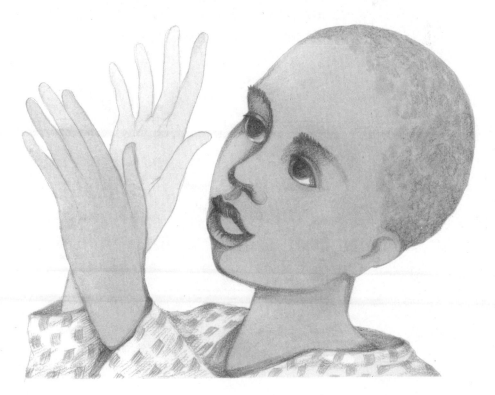

Llegaron a la hacienda. Francisco y Catalina todavía con miedo al castigo. El amo, sin embargo, sólo tenía ojos para llorar. Hacía mucho tiempo que los esclavos ya no hacían nada. Los portones estaban descascarados y un viento frío formaba un remolino en la propia sala de la casa grande.

Allí en el centro, estaban los restos del buey: el esqueleto con la cola y los cuernos. Mateos levantó la cola del buey y miró adentro. Nadie sabe lo que vio. Sopló tres veces.

El buey revivió. Salió embistiendo a quien estaba cerca. El amo no cabía en sí de contento. Saltaba y abrazaba a los esclavos. Perdonó a Francisco y a Catalina.

Ese fue el primer bumba-meu-boi del mundo. Más tarde, para que fuera más bonito, inventaron las criaturas fantásticas: el Caipora, el Bicho lleno de Hojas, el Jaraguá o "dedo de Dios" y Bernúncia, otro animal fantástico. Además del buey se incorporaron otros animales: la Burrita, la Ema, el Caballo Marino, el Oso, el Yacaré, el Urubú y muchos otros.

# La Casa de Flor

En 1888 se abolió la esclavitud en Brasil.

Mucha gente que era esclava en la ciudad se fue a trabajar en el campo.

Mucha gente que trabajaba en el campo se fue para la ciudad.

Era fantástico ser libre.

Don Benevenuto, por ejemplo, se fue para São Pedro D'Aldeia, en el estado de Rio de Janeiro, cerca del famoso Cabo Frio. Había economizado un dinerito y compró una tierrita. Sus hijos, que andaban dispersos, también fueron para allá. Eran siete. Como después tuvo otros cinco, fueron doce.

¿En qué trabajaban? Los hombres cultivando: maíz, café, calabaza, papa… Las mujeres, más la madre, haciendo cazuelas y ollas de barro para vender. Antes de que amaneciera ya las podías ver quemando los objetos en una fogata de leña.

Uno de los hijos se llamaba Gabriel. Era igual a los hermanos en varias cosas. Tenía, como los otros, los ojos bien redondos, los labios gruesos y llenos, la frente alta. Sin embargo era diferente en una cosa. ¿En qué? Tenía 4 años de edad y no hablaba.

– Es mudo – decía don Benevenuto.

– Pobre de mi hijo – suspiraba la madre –. Sin poderse explicar, va a sufrir mucho.

A los 5 años, cuando nadie se lo esperaba, Gabriel habló. Pero poco, como si las palabras fueran de oro. Sólo la madrina lo comprendía.

– No lo molesten. Gabriel no habla para economizar la inteligencia. Quiero decir: él habla hacia adentro.

Cuando cumplió 20 años, Gabriel tuvo un sueño. Una voz le decía: "Gabriel, ve y construye una casa sólo para ti".

Sin prisa, comenzó a juntar dinero para el cemento, la piedra y la grava. Construyó los cimientos, levantó las paredes, dispuso el tejado. Inventó una manera de recoger el agua de lluvia, una especie de canalito en las tejas. No era carpintero, pero solito fabricó los muebles. Una cama, una mesa y un "altar de libros". Así llamaba al librero.

Gabriel trabajaba en la salina, la fábrica de sal, junto al mar, donde el agua cercada quedaba presa hasta evaporarse. Lo que sobra es la sal. Un trabajo duro. Curte la piel. Rasga la piel de los pies y de las manos. Te ciega.

Así estuviera cansado, Gabriel encendía una linterna para trabajar durante la noche en la construcción de su casa. No tenía sábado ni domingo.

La casa quedó lista. Tanto esfuerzo y era una casita minúscula. Quien pasaba por debajo en el camino, decía: "parece de muñecas".

Entonces, él tuvo un nuevo sueño.

Soñó que dormía. Tocaban a la puerta. Iba a ver quién era y no había nadie. Volvía a acostarse. Al poco rato, nuevos golpes. Gabriel iba a abrir y de nuevo no era nadie. Cuando volvió a la cama, ahí estaba una mujer sentada. Vestía un vestido amarillo, vaporoso.

Llevaba una cantidad exagerada de aretes y collares, pero tenía un modo de ser suave. Se abanicaba con un abanico cuyo perfume impregnaba el cuarto.

– ¿Quién eres tú? – quiso saber.

– Creo que me conoces – le respondió –. Vine para darte un orden, Gabriel. Adorna esta casa. Ella es toda tuya, pero no es bonita.

Al día siguiente era feriado. Apenas bebió café, salió Gabriel buscando adornos. Sólo encontró trozos. En aquel tiempo los pobres no tenían nada entero. Cuando los ricos dejaban quebrar alguna cosa, o se cansaban de ella, la arrojaban a la basura y los pobres, que apenas habían sido liberados, las tomaban.

Gabriel adornó su casa con trozos. Trozos de tejas, de ladrillos, de azulejos... Faros de automóviles, linternas quemadas, objetos mutilados...

Piedrecillas encontradas al borde del río... Pedazos de espejos, cadenas rotas, rejillas de piso, mariscos, tapas de lata, botellas... Caminando por la playa, encontró un hueso extraño. Lo tomó.

– Es de ballena – aseguraban los vecinos.

– Es de dragón – afirmaba él.

– Los dragones sólo existen en la imaginación – insistían.

– ¿Y? ¿No es eso existir? – cerró Gabriel la discusión.

La casa de Gabriel comenzó a ser conocida como "Casa de la Flor". Las paredes estaban cubiertas de flores. Flores de piedra, de trozos. Llegaba gente de lejos para contemplar la casa. Se admiraban de que un trabajador de una salina, hijo de don Benevenuto, que había sido esclavo, hiciese algo tan bello. Él miraba a las personas con tranquilidad. No se incomodaba al explicar:

– Hice esto por un pensamiento y un sueño.

Hasta que un día apareció por ahí una profesora de la ciudad. Una especialista en arte popular. Miró, miró… Y le dijo a don Gabriel:

— Don Gabriel, esto no tiene igual en Brasil. Puede que haya en Europa, en Estados Unidos. ¿Cómo puede una casa de trozos transformarse en flor? ¿De dónde sacó la idea?

Gabriel estaba ciego. El trabajo en las salinas había puesto en sus ojos una cortina que impedía el paso de la luz.

— Mire, doña Amelia. Yo estoy muy satisfecho trabajando con trozos, porque las cosas modernas, las cosas nuevas, nadie va a verlas. La gente entra en las ciudades grandes, donde todo es moderno, todo bien organizado, todo cuesta mucho dinero. Las personas ven la fuerza de la riqueza… Pero esto les gusta, porque ven la fuerza de la pobreza.

FOTO: Arquivo Global

**JOEL RUFINO DOS SANTOS** carioca, historiador, profesor universitario de cursos de Letras y de Comunicación de la UFRJ. Siempre un campeón de audiencia, lo mismo cuando era un joven profesor del curso preparatorio en São Paulo, nuestro autor es un gran contador de historias de la Historia. Después que nació su hija Juliana, comenzó a contar las historias que sabía o inventaba de una manera que ella las comprendiese. De ahí nació el escritor de literatura para niños y jóvenes. Y nosotros, el público, ganamos una serie de libros de ficción y de Historia bien contados.

FOTO: Arquivo Global

**CLÁUDIA SCATAMACCHIA** es paulista y nieta de inmigrantes italianos que vinieron a Brasil a comienzos del siglo pasado. Eran "un escultor, un zapatero y dos costureras, oficios que exigen habilidad manual, disciplina, creatividad y mucha persistencia. Herencia que unió a mis padres y llegó a mí en forma de pasión y oficio, el dibujo". Estudió Comunicación Visual, pintó muebles, pañoletas, cuadros decorativos, creó logotipos, comics, carteles e imágenes para estampados. Y comenzó a ilustrar libros y textos para periódicos y revistas, creando imágenes, interpretaciones que ampliaran el placer de leer. "Me gusta dibujar. Reinventar la línea, revigorizar el trazo, perseguir las sombras, buscar las luces, saborear los colores."

# Colección Joel Rufino dos Santos

64 páginas, ilustrado, 4 colores
ISBN 85-260-1004-2

## Una extraña aventura en Talalai

*Programa Nacional del Libro Didáctico 1999 (PNLD).*
*Altamente Recomendable para Jóvenes 1998 (FNLIJ).*

En Talalai, una remota aldea de pescadores, la vida discurre cansina, entre la rutina y la estrechez, bajo el yugo férreo del Amo, un cacique que ha despojado al pueblo de sus bosques, imprescindibles para construir nuevos barcos, y que paga a una legión de matones para que castiguen cruelmente a los infractores de las normas que él dicta. Un día llega del mar Patrick, un personaje cordial, entusiasta. Todos recelan de él, pero... ¿Es marinero? ¿Sabe tanto de barcos como parece? ¿Conseguirá construir la rápida embarcación de la que habla para participar en la carrera anual aunque para ello se arriesgue a un destino horroroso? ¿Son posibles los sueños?

Este divertido, emocionante, espléndido libro de Joel Rufino dos Santos que habla de amistad, de cooperación, de metas, de la posibilidad de cambiar las cosas ha merecido, como no podía ser menos, multitud de galardones: el Jabuti de la Bienal Internacional del Libro de São Paulo; fue nominado para el Premio Hans Christian Andersen; ganó una Mención Honorífica en la Feria de Bolonia y se le proclamó Altamente Recomendable para Jóvenes por la Fundação Nacional do Livro Infantil e Juvenil.

Impresso por

Editora Gráfica Bernardi Ltda
Tel/Fax: (11) 6422-6459 / (11) 6422-7248
E-mail: egb@egb.com.br
www.egb.com.br